Jean-François Dumont

Copains comme Cochons

Pour Florence
et pour Rosalie.
J.-F. D.

Père Castor ■ Flammarion

Éditions Flammarion – 87, quai Panhard-et-Levassor, 75647 Paris Cedex 13 – www.editions.flammarion.com
ISBN : 978-2-0812-2995-2 – N° d'édition : L.01EJDN000418.C002 – Dépôt légal : janvier 2010
Imprimé en France par Pollina S. A. – 85400 Luçon – 02/2011 - L56305
Loi n° 49-956 du 16 juillet 1949 sur les publications destinées à la jeunesse.

Aujourd'hui, Rosalie s'ennuie.
– J'en ai assez de glisser sur le talus de l'étang, dit-elle à sa maman.
Toute seule, ce n'est pas drôle.

Occupée à fouiller la vase,
Madame Rose ne répond pas.

Rosalie soupire.
Quelle malchance de n'avoir jamais personne avec qui jouer !

Il y a bien Bruno, le fils des Bruns de l'autre côté de la mare,
mais Rose ne l'approche jamais.
Sa mère l'a prévenue :
– Méfie-toi. Ces cochons-là ne sont pas comme nous.
Ils sont sales et mangent n'importe quoi.
Tu ne dois pas leur parler.

De l'autre côté de la mare, Bruno observe ses voisins, les Roses.
C'est vrai qu'ils passent leur temps à somnoler dans la vase.
Son père le lui a bien dit :
– Ces cochons-là se goinfrent toute la journée, vautrés dans la boue.
Vraiment, ce ne sont pas des cochons comme il faut.

Et, de mémoire de goret, jamais aucun Brun n'a adressé la parole à un Rose, chacun vaquant à ses occupations en s'ignorant superbement.

À la ferme, tous les autres animaux trouvent cela ridicule.
Comme le dit si bien Edgar le rat :
– Un cochon est un cochon,
et tous les cochons passent leurs journées
à flemmarder et à manger n'importe quoi !

– Pas du tout !
dit Madame Rose à sa fille.
Nous autres, nous nous reposons.

– Pas du tout !
explique Monsieur Brun à son fils.
Nous ne nous goinfrons pas,
nous mangeons.

Les animaux s'éloignent
en haussant les épaules :
décidément,
ces cochons-là sont trop bêtes.

Voilà pourquoi, aujourd'hui, Rosalie s'ennuie.
Désœuvrée, elle décide d'aller elle aussi fouiller la vase,
à la recherche d'un petit ver à croquer.

Tout à coup, la voilà groin à groin avec Bruno.
Elle fait semblant de ne pas le voir, et essaie de l'éviter…
mais il lui fait face.
– Qu'est-ce que tu fais chez moi, sale goret rose ?
Retourne d'où tu viens avant que je me fâche.

Rosalie n'est pas impressionnée :
un cochon brun oserait lui donner des leçons ?
– C'est toi qui es chez moi, boule puante.
Fais demi-tour et rentre chez toi, tu sens trop mauvais.

– Je vais le dire à ma mère,
pleurniche Rosalie en se relevant.

– Je vais le dire à mon père,
renifle Bruno en faisant un pas en arrière.

Mais…

Impossible de s'en aller,
leurs deux queues sont emmêlées.

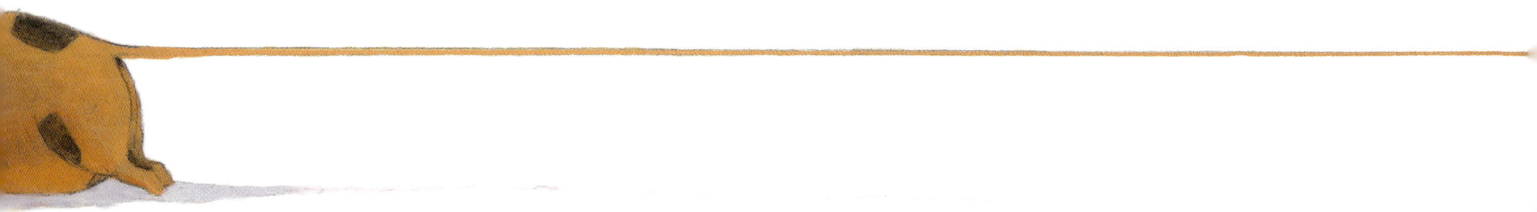

– Essayons de tirer chacun de notre côté, propose Bruno.
Je ne veux pas rester toute la nuit
accroché à un sale cochon rose.

Les deux cochonnets s'arc-boutent,
soufflant et tirant de toutes leurs forces.
Mais le nœud se resserre et tient bon !

Appelés à l'aide, les parents et les animaux de la ferme joignent leurs forces, et tirent, tirent.

Les queues des cochonnets s'allongent,

mais…

Rien n'y fait.

Quand tout le monde est épuisé,
il faut se rendre à l'évidence :
Rosalie et Bruno resteront attachés.

– Bon, puisque c'est comme ça,
votre pourceau de fils viendra habiter avec nous,
dit Madame Rose. Ça lui fera le plus grand bien !

– C'est plutôt votre gorette qui viendra
chez nous, répond Monsieur Brun.
Nous lui apprendrons à manger
proprement.

Aucune famille ne faisant confiance à l'autre
pour surveiller son rejeton, la nuit tombant,
ils se sont fait une raison :
tout le monde habitera ensemble.

– Eh, Bruno ! tu dors ?
– Non, c'est pas facile avec tout ce raffut !
– Je crois bien que c'est ma mère,
elle ronfle toujours quand elle dort.

Bruno tend l'oreille.
– Ça doit plutôt être mon père,
il ronfle même quand il ne dort pas !

Les deux petits cochons rigolent en silence.
– On ira glisser sur le bord de l'étang demain matin ? demande Rosalie.
– Oh oui ! On va s'amuser comme des fous.

Les ronflements ont cessé.
Les deux petits cochons s’endorment en souriant.

Comme tous les matins, Monsieur Brun
et Madame Rose papotent au bord de l'étang.

D'un œil attendri, ils surveillent leurs rejetons.
– Regardez-les s'amuser, ces deux-là !
– Ah ! on peut dire qu'ils s'entendent bien.

Monsieur Brun fronce les sourcils.

– Vous avez vu les nouveaux poulets qui sont arrivés hier ?
Je ne sais pas pourquoi, mais ils ne m'ont pas fait bonne impression.
– Ah ! je suis bien d'accord avec vous,
la mère a mauvais genre et les enfants piaillent toute la journée.
Ça n'a pas l'air d'être des poulets comme il faut.

Rosalie et Bruno les aiment bien, les nouveaux poulets.
Un de ces jours, ils iront jouer avec eux.
Mais aujourd'hui, ils préfèrent rester tous les deux.
Ils ont tellement peur que tout recommence comme avant...
lorsque leurs queues étaient encore détachées.
Mais tout le monde a fait semblant de ne rien remarquer.